Y Dyn Eira

A'R CI EIRA

yn seiliedig ar gymeriadau a grëwyd gan

Raymond Briggs

a'r stori gan Hilary Audus a Joanna Harrison

RILY

www.rily.co.uk

"Dere," galwodd Bili ar ei hen gi. "Ry'n ni yma. Gad i ni gael golwg ar ein cartre newydd!"

Ond roedd ci Bili yn rhy hen a blinedig
i chwilota. Wrth i'r misoedd fynd
heibio aeth yn fwy a mwy araf.
Yna, un diwrnod, bu farw.

Roedd Bili a'i fam yn drist iawn
wrth ei gladdu yn yr ardd.

Daeth y gaeaf, ac roedd
Bili'n teimlo'n unig iawn
heb ei hen ffrind.

Roedd e wedi sgrifennu llythyr
at Siôn Corn, ac ar fin mynd
ag e i lawr y staer pan faglodd
dros styllen rydd yn y llawr . . .

"Beth yw hwn?" meddai Bili, gan dynnu hen focs sgidiau allan.
Y tu mewn roedd het flêr, darnau bach o lo,
oren wedi sychu, a sgarff werdd.

Wrth i Bili godi'r sgarff, cwympodd hen lun allan. "Dyna ryfedd!" meddai. "Rhaid bod bachgen arall wedi byw yma un tro, ac wedi gwneud dyn eira gwych."

"Rydw innau am wneud dyn eira hefyd," meddai'n benderfynol. "'Run fath yn union â'i ddyn eira e!"

Cododd y bocs
a rhedeg allan,

a dechrau adeiladu
ei ddyn eira ei *hun*.

Defnyddiodd ddarnau o lo ar gyfer y llygaid,
a hanner oren ar gyfer y trwyn . . .

ac yna, i orffen, rhoddodd glamp o wên fawr hapus iddo.
Roedd ei Ddyn Eira yn berffaith.

Ond roedd digonedd
o eira ar ôl.

Cafodd Bili syniad da.
Dechreuodd adeiladu
eto . . .

a bob yn dipyn, gan roi sanau yn lle clustiau, fe wnaeth e . . .

. . . Gi Eira!

Erbyn hyn, roedd hi'n hwyr iawn. "Nos da," meddai Bili
wrth ei ddau ffrind newydd cyn mynd i'r gwely.

Am hanner nos, cafodd Bili
ei ddeffro gan sŵn cyfarth.

Sbeciodd drwy'r ffenest a rhwbio'i lygaid mewn syndod.
Oedd y Ci Eira'n *symud*?

Rhedodd i lawr y staer ac
agor y drws cefn led y pen.

A chredwch chi fyth
beth ddigwyddodd nesaf . . .

Daeth y Dyn Eira
a'r Ci Eira yn fyw!

"Shwmai?" meddai'r Dyn Eira
yn barchus, gan ysgwyd ei law, a
llamodd y Ci Eira ato i ddweud helô.

Rhedodd i fyny'r ardd, a dod o hyd i bêl yr hen gi.
Roedd e eisiau chwarae!

Ond roedd y Dyn Eira wedi dod o hyd
i rywbeth diddorol hefyd – sled!

Dringodd Bili ar y sled. Allan drwy'r giât
â nhw, tuag at y parc a lan y rhiw.

"Waw!" sibrydodd Bili ar ôl
iddyn nhw gyrraedd y top.

Roedd yr awyr yn llawn o ddynion eira oedd yn
codi o'r gerddi islaw. Dyna i chi olygfa hudolus!

Yn sydyn, gafaelodd y Dyn Eira yn llaw Bili a dechrau rhedeg.
Cododd Bili y Ci Eira, ac ymhen dim . . .

. . . roedden nhw'n **hedfan** hefyd!

Hedfan yn isel dros doeau'r tai,

codi'n uchel dros adeiladau'r ddinas,

ac allan i ganol y wlad . . .

"A-tishŵ!" meddai'r Dyn Eira
yn sydyn, a chwympodd ei
drwyn oren i ffwrdd.

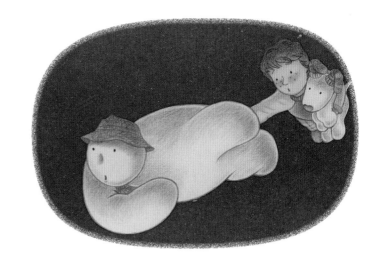

Wrth iddyn nhw hedfan yn is
i chwilio amdano, fe welson nhw
rywbeth cyffrous iawn.

"O!" llefodd Bili. "Awyren!"

Aethon nhw gyda'i gilydd i gymryd cipolwg agosach.

Dringodd pawb i mewn,
a gyda'r Dyn Eira wrth y llyw
cododd y tri i'r awyr unwaith eto.

Allan dros y môr â nhw, ymlaen
ac ymlaen i Begwn y Gogledd . . .

Ar ôl glanio yno, fe welson nhw rywbeth rhyfedd iawn . . .

Roedd y lle yn llawn dop

a phob un wedi doc

o ddynion eira a merched eira,

gystadlu yn *Ras Fawr Flynyddol y Dynion Eira!*

Cyrhaeddodd Bili a'r Dyn Eira jest mewn pryd.
"Bîîîb!" chwythodd y chwiban, ac i ffwrdd â nhw!

Gwibiodd pawb i lawr y llethr, gan wau o ochr i ochr.
Yn fuan, dim ond tri oedd ar ôl yn y ras – Bili, y Ci Eira
a'r pengwin.

Ac yna, fel roedd y pengwin ar fin ennill y ras,
estynnodd y Ci Eira bach ymlaen, a thorri tâp
y llinell derfyn â'i drwyn.

Roedden nhw wedi
ENNILL!

Yng nghanol y dathlu,
cyrhaeddodd Siôn Corn.
Rhoddodd barsel bach i Bili.
"I ti mae hwn," meddai.
"Nadolig Llawen!"

Ond doedd dim amser i agor y parsel.

Roedd y wawr ar fin torri, ac roedd hi'n amser mynd.

Erbyn iddyn nhw lanio yng ngardd gefn tŷ Bili,
roedd yn hen bryd iddo fynd i'w wely.

"Trueni na allwch chi ddod gyda fi," meddai Bili, a'i lygaid
yn llawn dagrau. "Ond fe fyddech chi'n toddi yn y tŷ."

Estynnodd i'w boced am hances
i sychu ei lygaid – a dyna lle
roedd yr anrheg gan Siôn Corn.

Tynnodd y papur i ffwrdd yn
gyflym. Y tu mewn roedd coler
ci – un newydd sbon! Clymodd
e o gwmpas gwddw'r Ci Eira.

"Dyna ti," meddai. "Rwyt ti fel ci go iawn nawr!"

Wrth iddo droi i fynd, daeth rhyw olau rhyfedd o goler y Ci Eira,
gan dywynnu'n fwy a mwy llachar nes yn sydyn . . .

"Wff!"
Ac yn lle y Ci Eira, roedd yna
gi bach go iawn, a'i gynffon
yn ysgwyd yn hapus!

"O!" llefodd Bili, a'i godi yn ei freichiau. "Dyma'n union
beth ofynnais i amdano yn fy llythyr at Siôn Corn!"

Rhedodd at y Dyn Eira a rhoi clamp o gwtsh iddo,
ac yna roedd yn amser iddo fynd 'nôl i'r tŷ.

O ffenest ei stafell wely,
chwifiodd Bili ei law ar
y Dyn Eira. "Nos da,"
meddai.

Yna cwtsiodd i lawr yn y gwely gyda'i ffrind newydd.

"Dwi am dy alw di'n Clustiau," meddai,
cyn cwympo i gysgu'n drwm.

Ond pan ddeffrodd Bili, doedd dim golwg
o Clustiau yn unman. Roedd Bili'n drist iawn.
Oedd e wedi breuddwydio'r cyfan?

Yna, wrth glywed cyfarth cyffrous, rhuthrodd Bili i lawr y staer.
A dyna lle roedd Clustiau, yn barod i fynd allan i chwarae!

Agorodd Bili'r drws a rhuthrodd Clustiau allan,
gan lamu tuag at y Dyn Eira . . .

Ond roedd y Dyn Eira wedi diflannu.
Roedd e wedi toddi yn haul gwan y bore bach.